문학과지성 시인선 501

사랑은 탄생하라

이원 시집

문학과지성사

문학과지성사에서 펴낸 이원의 시집

그들이 지구를 지배했을 때(1996)
야후!의 강물에 천 개의 달이 뜬다(2001)
세상에서 가장 가벼운 오토바이(2007)
불가능한 종이의 역사(2012)

문학과지성 시인선 501

사랑은 탄생하라

초판 1쇄 발행 2017년 8월 25일
초판 5쇄 발행 2024년 11월 22일

지 은 이 이원
펴 낸 이 이광호
펴 낸 곳 ㈜문학과지성사
등록번호 제1993-000098호
주 소 04034 서울 마포구 잔다리로7길 18(서교동 377-20)
전 화 02)338-7224
팩 스 02)323-4180(편집) 02)338-7221(영업)
전자우편 moonji@moonji.com
홈페이지 www.moonji.com

ISBN 978-89-320-3031-9 03810

이 도서의 국립중앙도서관 출판예정도서목록(CIP)은 서지정보유통지원시스템 홈페이지(http://seoji.nl.go.kr)와 국가자료공동목록시스템(http://www.nl.go.kr/kolisnet)에서 이용하실 수 있습니다. (CIP제어번호: CIP2017020093)

문학과지성 시인선 501

사랑은 탄생하라

이원

시인의 말

본 적 없는 아름다움은 끝내 모를 것인가
끝내 모를 것을 사랑하면 아름다움이 될 것인가

2017년 8월
이원

사랑은 탄생하라

차례

쇼룸

큐브

애플 스토어

모두의 밖

의자의 편에서는 솟았다
땅속에서 스스로를 뽑아 올리는 무처럼

마주해 있던 편에서는 의자가 수직으로 날아올랐다
그림자의 편에서는 벽으로 끌어 올려졌다

벽의 편에서는 영문도 모르고 긁혔다
얼른 감춰야 했다

의자는 날았다 그림자는 매달렸다 속은 알 수 없었다

그림자는 옆을 본 채 벽에
의자는 앞을 본 채 허공에 정지했다

의자와 그림자는 모양이 달랐다
의자의 다리 하나와 그림자의 다리 하나를
닿게 한 것은 벽이었다

의자와 그림자의 사태를 벽은 알 수 없었다

모자는 왜

우리는 한밤의 거리를 걸어갔지요

모자가 하나씩 걸려 있었지요
쇼윈도는 모자 하나가 딱 들어갈 크기였습니다
남은 것이라고는 그것밖에 없는 거리였지요

우리는 쇼윈도마다 멈췄습니다

검은 모자네
타오르고 있는 색이네
흐느끼는 입이네
허공을 붙잡는 손이네
갇힌 채 기다리는 눈동자네

기다란 쇠꼬챙이 하나에 모자가 하나씩 걸려 있습니다

살이 다 발려졌네
가죽만 남았잖아
우리는 동시에 들려오지 않는 음악을 떠올렸습니다

물기가 도는 곳마다 둘레가 생겨났습니다

우리는 춥고

이게 우리야 가죽만 남은 우리야
모자를 만들 수 있어

그게 우리야
모자만 남은 우리야
이제 모자만 녹으면 돼

그러나 우리는 꼼짝하지 못했습니다
녹아내렸는데
굳기까지 하면 어떡합니까

맞지 않는 모자가 됩시다

우리는 동시에 입술을 움직였습니다

지구로 못 돌아와도 좋다

이상한 봄

깊은 발은 희망을 모를 테니
깊은 발은 바닥을 모를 테니
깊은 발은 실밥 푸는 곳을 모를 테니

지구로 못 돌아와도 좋다
식탁 의자에 몸 냄새가 밴 카디건을 걸쳐 두었지만

지구로 못 돌아와도 좋다

다시는 환청과 만나지 못한다 해도
그림자의 무릎 뼈가 미처 펴지지 못했다 해도

지구로 못 돌아와도 좋다
이상한 봄
달아나는 발목

엄마 아빠

피가 흩어지는 축제

비명과 꽃잎과 누수를
돌멩이와 비닐봉지의 중력을
나란히 이해해

땅을 오래 두드린 발
열리지 않은 땅
풀들은 담장 위로 위로 솟아오른다

이상한 봄
춤을 추다 발목만 남았어
내용을 생각할 틈이 없었어
온몸에 죽음의 불이 붙었었거든

작은 점 하나가 목젖 부근에
눈물을 참으면 울퉁불퉁하다
지구에서처럼

홈리스는 하늘을 향해 침을 뱉는다
새들은 허공을 깨고 간다

지구로 못 돌아와도 좋다

서지 않는 엘리베이터에 타본 적이 없어도
바다와 하늘이 바로 다음 언덕에서 만나고 있어도
사방의 벽마다 출구가 마련되어 있다고 해도

구겨진 틈 아니면 조롱
지구로 못 돌아와도 좋다

등 너머에서 붙잡던 목소리를 혀처럼 뽑아 쥐고 있어도

나는 사람이다
팔다리를 마음대로 할 수 없다

너는 사람이다
예쁘고 연한 발목을 가졌다

자를 게 남았다

지구로 못 돌아와도 좋다

* 지구로 못 돌아와도 좋다: 2023년 편도행 화성 정착 프로젝트 공개 모집을 다룬 기사 제목.

애플 스토어

숲이 된 나무들은 그림자를 쪼개는 데 열중한다

새들은 부리가 낀 곳에서 제 소리를 냈다

다른 방향에서 자란 꽃들이 하나의 꽃병에 꽂힌다

늙은 엄마는 심장으로 기어 들어가고

의자는 허공을 단련시키는 일을 멈추지 않는다

같은 자리에서 신맛과 단맛이 뒤엉킬 때까지

사과는 둥글어졌다

하루

물 밖으로 던져진 물고기처럼 말라가자
소금과 모래를 동시에 이해하자
햇빛에 타들어가자
내장을 움켜쥐자
빨리 그림자를 잃어버리자
혼자만 아는 비린내가 되자
태연한 척하자
반쪽짜리 인생을 선택하자

(새로고침)

허공을 열자
안을 칠하자
벽을 세우자
딱 맞는 작은 문을 만들자
문을 닫자
벽과 문은 서로 미쳐가자
노란색으로 뭉개자
지문으로 뒤덮자

(새로고침)

주렁주렁 익어가는 포도가 되자
검붉어지는 시늉을 알아채지 못하는 포도가 되자

(새로고침)

제초기를 돌리자
내일이 오지 못하게 언덕의 풀들을 다 깎자
땅속에 있는 것들이 무슨 힘이 있겠니
울자

울지 말자

(새로고침)

양말을 갈아 신자
허공을 끄자

공기를 끄자
헛것이 되자
밤이 오면 박쥐처럼 보이게 하자
긴 구간을 걷자

(새로고침)

혹시 아침이면 이를 닦고 사람이 되자
냄새가 나는 구멍마다 진흙을 바르자
하늘과 근친처럼 굴지 말자
사선을 긋자
사선을 모으자
테니스 복을 찾아 입고 깨끗한 소년 소녀가 되자
라켓을 들고 걷자
언덕이 높은 척하자
다 오르면 녹색 바닥에 흰색 선이 그려진
정직한 코트가 있는 척하자
늘 딱 한 발이 남은 척하자

의자에 어울리는 사람이 되기 위해

곧추 세운 등뼈 아래로
엉덩이를 엉거주춤 유지해야 하는
이 포즈는 도대체 무엇입니까

각자의 배후를 선석으로 위탁하는 포즈를
우리는 언제부터 배워야 했습니까
의자에 어울리는 사람이 되기 위해
어디부터 구부려야 했습니까
어디를 숙여야 했습니까

의자를 닮기 위해
발을 매단 채 손을 매단 채
이상한 도형이 되어야 했습니다

침묵하고 있는 이 짐승은 언제 달리기 시작하나요

창밖 난간으로는 발음을 모르는 혀들이 몰려들었습니다
밤의 숲에 가면 뼈의 외침이 나무라는 것을 알게 됩

니다
사로잡힌 척 의자에 앉아 우리는 손만 쉴 새 없이 움직입니다
한 끼를 위한 너덜너덜한 손의 동작을 왜 멈출 수 없습니까
항문과 입을 동시에 벌리는 법

우리는 어쩌면 이토록 징그러운 동작을 배웠을까요

의자 손잡이가 비명을 지르고 있는 입이라 해도

고해성사의 순서를 알게 되었다면 그것 또한
사소한 습관이 아니겠습니까

뒷모습이 구겨져 있습니다
깜깜한 곳에 우리는 너무 오래 접혀 있었습니다

그런데 당신
의자와 의자가 대화하는 것을 믿습니까

토하고 말았지요

이런!

의자들끼리는 당황은 하지 않습니다

우리는 지구에서 고독하다

7cm 하이힐 위에 발을 얹고

얼음 조각에서 녹고 있는 북극곰과 함께
우리는 지구에서 고독하다

불이 붙여질 생일 초처럼 고독하다
케이크 옆에 붙어온 플라스틱 칼처럼
한 나무에 생겨난 잎들만 아는 시차처럼
고독하다

식탁 유리와 컵이 부딪치는 소리

죽음이 흔들어 깨울 때
매일매일 척추를 세우며 우리는
지구에서 고독하다

텅 빈 영화상영관처럼
파도 쪽으로 놓인 해변의 의자처럼
아무 데나 펼쳐지는 책처럼

우리는 지구에서 고독하다

오늘의 햇빛과 함께

문의 반복처럼
신발의 번복처럼
번지는 물처럼

우리는 고독하다

손바닥만 한 개에 목줄을 매고
모든 길에 이름을 붙이고
숫자가 매겨진 상자 안에서

천 개가 넘는 전화번호를 저장한 휴대폰을 옆에 두고
벽과 나란히 잠드는 우리는
지구에서 고독하다

꼭 껴안을수록 뼈가 걸리는 당신을 가진

우리는 지구에서 고독하다

하나의 창에서

인간의 말을 모르면서도
악을 쓰며 우는 신생아처럼
침을 흘리며 엄마를 찾는 노인처럼

물을 마시고
다리를 접고 펼치고
반은 침묵
반은 허공

체조 선수처럼

우리는 지구에서 고독하다

제 속을 불 지르고 만 새벽 두 시 도로처럼 고독하다
열두 살에 죽은 아이의 수목장 나무 앞에 놓인 딸기우

유처럼 고독하다

막힌 문을 향해 뛰어가는 비상구 속 초록 인간과 함께
우리는 지구에서 고독하다

시체를 뜯어 먹는 독수리들과 함께
높은 곳의 바람과 함께
다른 말을 하나로 알아듣는 이상한 경계와 함께
우리는 고독하다

흰 변기가 점령한 지구에서 우리는 고독하다

변기의 무릎을 갖게 된 우리는

지구에서 고독하다
펭귄은 지구에서 고독하다
토끼는 지구에서 고독하다

오로지 긴 귀가 머리 위로 솟아 있다

주파수 93.1MHz가 잡히는 지구는 고독하다

뜻밖의 지구

음원을 공유했다
토마토를 대량 재배했다
똑같은 것을 두 개씩 달아주기를 즐겼다
지구인 수를 셌다
비밀번호에게 집을 맡겼다
개를 껴안고 잠들었다
달걀마다 산란일자를 표시했다
어둠이 사과 속에 들어가는 것을 허용했다
사과 속에 씨앗이 들어가는 것을 허용했다
열매와 돌을 같은 모양으로 만들었다
반숙 완숙이 공존했다
지문을 믿었다
나무들의 침묵을 믿었다
불빛을 방목했다
전파를 믿었다
허공을 분할했다
구름을 최후의 저장소로 선택했다
지도를 완성시켰다
엄지에게 전권을 주었다

표지판을 세우고 길을 잃는 놀이를 멈추지 않았다
냉장고 안에서 벌어지는 일을 알고 싶어졌다
햄버거는 내부 구조를 바꾸지 않았다
돼지와 닭 들을 생매장했다
품질보증 마크가 찍힌 관이 유행했다
전신이 벼랑인 초고층 아파트가 유행했다
지하 묘지를 공개했다
덫을 파는 철물점이 있었다
벽 속으로 사라지는 것을 의심하지 않았다
몸 없이 번지는 것을 의심하지 않았다
네비게이션과 네비게이션이 소통하게 만들었다
고양이에게 화장실용 모래를 선사했다
땀을 뒤지기 시작했다
피와 주파수를 섞었다
생수를 퍼 날랐다
사랑을 믿었다
눈물이 참이라고 설정했다
밤 속에 어둠을 남겼다
신의 거처를 남겨 두었다

고독사에 간섭하기 시작했다

신호등의 최소 간격을 유지했다

사랑에 손을 쓰는 것을 허용했다

입국 심사대를 통과할 수 있었다

발가락이 향하는 곳을 여전히 앞이라고 불렀다

원스톱 쇼핑몰 귀신 출입을 금지시켰다

희망을 허용하고 있었다

외계행성사냥꾼 위성을 쏘아 올리고 외계인은 몰라봤다

화살표를 따라가면 푸드홀이 있었다

애플 스토어

부풀어 오르는 것들은 공포다 안에 등 달린 것들이 들어 있다

구름은 얼룩이다 알아차리자 그 자리에서 멈춘다

새는 바닥에 떨어졌다 오래 죽은 척하고 있다

드라이버 돌리는 소리

신들의 마당은 모래로 되어 있다 목이 구근처럼 얕게 묻혀 있다

허공은 뼈들을 모으는 중이라고

계단은 허공의 고독으로 만들어지는 것이라고

인간은 무릎을 둥글게 깎아내는 데 몰두하는 중이라고 쓰고 나자

제일 시시한 것은 인간이다

구름 허밍 사라지다 만 너의 꼬리

이쪽의 어둠을 떠메고 저쪽의 어둠에게 가는

길들은 너머까지 밀려 있다

거위를 따라갔던 밤

깜깜해서 손을 잡고 걸었지요
발소리는 둘밖에 없어서

돌멩이 같은 마음으로도

손을 감싼 손은 참 컸지요
계절을 깜빡 잊어버리기 좋았지요

밤 속으로 점점 들어가는 기분
유일한 기분
하나둘 벗어던지는 기분

키 따위가 무슨 상관이야
손과 손은 어떻게든 잡을 수 있도록
만들어졌다는 것이 신기했지요

악력만 있다면

뺨을 쓰다듬으며

넓적한 것은 펄럭였지요

같이 날아올라보는 거야

날개였을까
날개를 펴서 더 어둡게 만들었던 것일까
가리는 것이었을까

발을 굴렀던 것도 같습니다

넓적한 것이 쓰다듬을 때
빰은 펄럭였어요

바람이 좋았다고요

세상은 밝아오면 안 되는 것이었지요
그러나 어떻게 막을 수 있나요
그 날개 하나로

베었는지 몰랐어요
빛이 스며들기 전까지는요

얼굴이 뒤죽박죽이지 뭐예요
축축한 날개 한쪽으로 머리를 덮어주고 있더라니까요

그때에도 거위는 눈알을 떼룩떼룩 굴리고 있더라니
까요
빽빽하게 지구 돌아가는 소리가 났어요

굳게 닫힌 부리를 믿었었나 봐요

모두 고양이로소이다

목소리를 꺼내자
가르릉거리자
몸보다 몇 배 커진
그림자를 차도로 던지고
앞발을 들어 얼굴을 한번 훑어내리자
깨끗해지는 거다
세수를 하는 시늉을 하자
인도에 어울리는 인물이 되자
깨진 보도블록에 울음을 똑똑 놓아두자
다시 돌아올 것처럼
귀를 쫑긋 세우자
눈알은 빨개지자
열렬하게 몰두하는 척하자
한밤을 기다려
차도를 가로지르자
우아하게 걸어
텅 빈 궁의 지하주차장에서 만나자
검정 치마 속이라 여기자
밤은 어디나 정면이다

기는 흉내를 내자
앞발을 모으고 몸을 앞으로 숙이고
잘못을 아는 고양이가 되자
기울어진 궁의 지붕에 앉아
목을 빼자
몸은 웅크리자
검어지다가
어두워지다가
잠기다가
검정에 겹쳐지다가
정면을 할퀴며
튀어 오르자
허공의 목젖으로 멈추자
던져질 준비를 하자
단단한 소리가 되자
우리는 고양이다
먼 곳까지 검정을 놓아둔 검정이 되자

* 나는 고양이로소이다 : 나쓰메 소세키 소설 제목.

15분 동안 눈보라

지퍼처럼
새와 아이는 같은 방향이 열려 있다

컷 컷
잘린 것들이 들어 있다

아이는 고개를 뒤로 젖혀 입을 벌리고

뼈를 골라내는 맛!

새의 표정을 본 적은 없다

뛰어내렸던 자리들이 나타났다

컷 컷
쉴 새 없이 메워졌다

들어갔다 나온 손을 찾을 수 없다
같은 색이다

모가지를 비트는 곳에서 꽃망울이 생겨나고 있을 것
이다

난간은 불탔다

모자 하나가 차도에서 뒹굴었다

다리 밑에서 여자는 개를 꼭 껴안고 있다
리본이 묶인 머리통만큼은 내어줄 수 없다는 듯이

당일 오픈

검은 새와 흰 새가 동시에 각각 다른 허공에 멈추었다

어제 아침은 갑작스러운 생각들을 거두지 않고 있다

20쪽 가량 읽던 책으로 파도가 들이닥쳤다

풀밭에 성한 사람과 미친 사람의 팔다리가 떨어져 있기도 했다

나무가 세상을 모른 척하고 지낸 지 수천만 년

어디에도 없는 골목에서 아가들이 눈을 뜨는 소리

횡단보도마다 달빛이 삶을 끌고 가는 소리

모퉁이를 돌면 어떻게 사과가 나타날 수 있습니까

모퉁이를 돌아 나타난 사과는 무엇입니까

밤낮

검은 모래

발목과 손목을 해변의 모래에 파묻은 아이들이 무엇인가를 찾고 있다

하늘이 길고 넓은 천처럼 내려왔다 펄럭이기 직전이다 색이 자꾸 바뀌었다

아이들은 모래에 말굽자석처럼 척추뼈를 말아 넣고 있다
아이들의 몸에 원무가 들어 있다 떠밀려 온 지 얼마 되지 않았다

파도도 파도 소리도 검다
허공은 각각 다른 소리를 내는 중
모래도 검다

억울하게 죽은 영혼들은 바람에 씻긴 말들이 데리고 오나

안간힘으로 달빛을 밀어내주고 있을 것이다

물 밑을 열며 올라오는 손이 있을 것이다

아이들은 검은 모래에 가느다란 손목과 발목을 파묻고 있다
물이 들어오는 해변에 아이늘이 있다

신이여 아이들을 버리소서
세상이 이미 아이들을 버렸습니다
못 박힐 순결한 손이 필요 없나이다

집채만 한 파도가 아이들을 삼켰다 어둠이 하는 일을 어둠은 끝내 알지 못하므로
당분간 종려주일은 없을 것이므로

애플 스토어

젖은 비둘기를 안고 낮에 아이가 찾아왔다

억지로 물에 넣었냐고 했다

아이는 나만 뚫어져라 쳐다보았다

해질녘에 산양을 안고 아이가 찾아왔다

다리를 다쳤다고 했다

누구 다리냐고 물을 수 없었다

한밤에 까마귀를 머리에 얹고 아이가 찾아왔다

살아 있다

새어 나오는 목소리가 있었다

봄 셔츠

당신의 봄 셔츠를 구하고 싶습니다
사랑을 만져본 팔이 들어갈 곳이 두 군데
맹목이 나타날 곳이 한 군데 뚫려 있어야 하고
색은 푸르고
일정하지 않은 바느질 자국이 그대로 보이면 했습니다

봄 셔츠를 구하고 싶었습니다
차돌을 닮은 첫번째 단추와
새알을 닮은 두번째 단추와
위장을 모르는 세번째 단추와
전력全力만 아는 네번째 단추와
잘 돌아왔다는 인사의 다섯번째 단추가

눈동자처럼 끼워지는 셔츠

들어갈 구멍이 보이지 않아도
사명감으로 달린 여섯번째 단추가
심장과 겹쳐지는 곳에 주머니가
숨어서 빛나고 있는

셔츠를 입고

사라진 새들의 흔적인 하늘
아래에서
셔츠 밖으로 나온
당신의 손은 무엇을 할 수 있나요

목에서 얼굴이 뻗어 나가며,
보라는 것입니다

굳지 않은 피로 만든 단추. 우리의 셔츠 안쪽에 달려 있는

밤낮

햇빛을 파고 들어가는 우리들처럼
녹지 않는 덩어리로 있는 우리들처럼
잎이 달린 가지를 잘리고 있는 가로수처럼
한 손에 든 칼로
시과로부터 껍질을 분리해내고 있는 우리들처럼
사각사각 속살에 침을 흘리는 우리들처럼
창문을 닫는 우리들처럼
울음소리가 나는 곳에서 고개를 돌리는 우리들처럼
가랑비에 우산을 쓰고 집까지 걸어온 나처럼
아이들이 들어 있는 파도를 또 밀어낸 우리들처럼
물속에 잠긴 눈동자를 모르는 척하는 당신처럼
또렷한 눈동자들을 물속에 묻어버린 나처럼
어둠을 뒤집어쓰고 흐느낀 우리들처럼
아이들에게 어둠을 덮어씌운 우리들처럼
아이들의 어둠을 가져온 나처럼
리본을 달지도 않고 몸속이 비좁아진 나처럼
새들에게 안부를 건네준 우리들처럼
새들을 날려 보낸 우리들처럼
낮도 아니고 밤도 아닌 곳에 머물지 못하는 우리들처럼

어둠에 함부로 구멍을 낸 우리들처럼
어둠과 빛을 맞바꾼 우리들처럼
햇빛이 공평하다고 믿는 우리들처럼
빠져나온 손을 상자에 넣어준 우리들처럼
흰 천으로 얼굴을 덮어준 나처럼
꿈에다 우산을 두고 온 나처럼
빛은 본 적이 없다고 말한 나처럼
다시 오른손에는 칼을 왼손에는 사과를 든 우리들처럼
껍질이 길게 늘어지고 있는 사과들처럼
거역을 모르는 기도의 자세를 가진 나처럼
칼은 보인다는 순진한 믿음처럼
낮도 아니고 밤도 아닌 곳에서 빛이 스며 나오는 것
처럼

검은 그림

비행기를 타고 와 커다란 사탕을 줄게
노래를 불러봐
검색대를 통과하면 소리가 달라져
크리스마스가 지났어도
산타와 함께 나타날게
찢어지도록 입을 벌려봐
작은 상자 속엔 어린 양이 있고
울지 못하는 양
귀는 뾰족한 양
비밀이 흘러든 양
상자를 열어봐 절망을 선물해줄게
꼬불꼬불해
손을 활짝 펴고 하늘을 가로질러봐
검은 구름을 줄게
더 이상 눈부시지 않을 거야
두 개의 기다란 창이 나란한 카페에서 차를 마시자
창에는 파도가 멈추지 않는 바다가 들어 있다는 것
파도는 바다에서 벗어나고 싶다는 항변
창 사이에 숨어 차를 마시자

모든 빛을 버릴 때까지

볼과 입술을 비벼줄게

굿나잇

별을 줄게 파묻을 수 있는 어둠과 함께

긴 회랑을 따라 달려와

내일 보면 좋겠어 나는 내일 멀리 가

산타 앞에서는 입을 크게 벌려

수치를 슬픔으로 위장해봐

선물을 줄게 공항에 갈게

* 검은 그림: 고야의 작품에 붙여진 제목.

우리는 진열되었다

창 안에 도마 하나 도마 뒤 사람 하나 끝이 없다

도마와 도마 사이 칼이 하나씩 놓였다

도마와 칼 사이 보이지 않는 칼이 세 개씩 더 놓여 있다

허공은 제 포즈가 시들해졌다 빛으로 다져진 얼굴들을 내뱉었다

긴 창에는 몸통만 들어 있었다

몸통 끝에 손이 젖은 잎사귀처럼 징그럽게 붙어 있었다

칼과 칼 사이 보이지 않는 빛이 세 개씩 더 놓여 있다

해안선은 떠내려가고 있었다 의자들은 기다리고 있었다

플라밍고

□

얼굴을 보고
불타고 있는 줄 알았다

다리를 보고
거의 다 탄 줄 알았다

춤을 추렴
마주 보며
우아하게
길고 가는 목을 물음표 모양으로 구부리며

숨통을 막고

사랑하는 중입니다
사랑하는 중이에요

왈칵 피가 쏟아질까요

피가 숨통을 뚫어줄까요

아가야 더 더 춤을 추렴

너는 아직 세상을 모르는구나

□

차오르는 중 중지하는 중 한 칼이 나눠 쓴 시간을 자르는 중 게워내는 중

□

걸어 나온 지 얼마 되지 않았는데
닮지 않았다

물가에 서서 물속을 보며

빌어먹을 여전히 반만 잠겨 있다고

□

좁은 계단을 올라갈 때
성스러운 곳이기를 바랬지요
더욱 뼈의 촉감을 가졌다면 말이죠

좁게 올라갔지요

거기는 왜 올라갔지요?

□

물가에서 소년은 두 손으로 홍학의 목을 움켜쥐고 있다 집을 지운 삼킨 나무들은 물속을 비워두고 초록이 된다 장엄미사곡을 연주하라 허공은 소년을 슬그머니 놓는다 소년의 손이 홍학의 목을 꾸욱 누른다 홍학도 소년도 눈알이 꿈쩍하지 않는다

□

끝도 없는 홍학 떼들
빛이 사라질 차례다

함구다

플라밍고

//

죽은 사람의 뼈를 만져본 적 있니
엄마 하고 불렀지 비어 있었어

\\

우리는 거대한 앙상블
집들이 불을 켠다

멀리까지 막혔다

//

허공을 꺾으며 운다

\\

홍학
새빨간 거짓말

이쪽이거나 저쪽

우리는 이쪽과 저쪽에서
동그랗고
쫄깃하게 꿰매진 입을 동시에 벌렸다

나는 쏟아지는 눈물을 참자는 신호였는데
너는 잔뜩 토하겠다는 포즈

너는 놀란 척하자는 신호였는데
나는 안이 아프다는 말

이쪽과 저쪽이 우리의
다물어지지 않는 입이라면

곪여도 좋아 온갖 내장까지
미어터지게 먹어도 좋아
경멸과 수치까지

눈보라가 쳤다 열흘째

빛은 칼날만 남은 자의 기도

이쪽에서부터 저쪽까지
그어졌다

오늘 네가 그토록 하찮게 여기던 그가 죽었다
아멘 우리의 친구

(블라인드)

(블라인드)

죽은 사람 좀 불러줄래요?

새싹들 돋았다 징그럽다 거짓말이에요
어쩌자고 심장이 또 옮겨 붙는 것이다

창을 열었다 슬픔이 가까이다 거짓말이다
슬픔이 한 칸 뒤로 밀려난다

대낮에 집을 나와
걸어 내려갔다 다시 걸어 올라가는 중이었다
같은 길이었다 혼자였다

저기요 제가 너무 힘들어서
그러는데요
저기요 제가 너무 목이 말라서
그러는데
죽은 사람 좀 불러줄래요?

꽃나무를 들고 있던 사람이죠
한 손에는 비둘기
한 손에는 새장을 들고 있던 사람이죠

등은 검고 배는 희다
고래 애기라고 했어요
참 이상하지 동그라미를 생각해봐
버스 손잡이 비눗방울 구겨넣은 파랑
나는 모르는 일이야
그 사람이 그렇게 말했어요

빈차 붉게 떠올라 있어 문을 연 사람이에요
이쪽으로 쏟아지지 않고
저쪽으로 밀리는 머리들이 있었어요
네가 그랬어 네가 그랬잖아
머리에 그림자를 뒤집어쓰며 울부짖는 목소리들이 있었어요
그런데 왜 네 머리에 뒤집어쓰니
들어줄 귀가 없었어요
머리가 가득한 쪽으로 밀어 넣었어요

내가 그랬어요

거짓말이에요

잘 찾아봐요
속치마처럼 비치면 데려와요
텅 빈 얼굴이면 데려와요
여기를 모르는 얼굴이면 데려와요
태엽 감는 소리로 꺽꺽거리면 데리고
와요 말을 잊어버리기 충분한
시간이었어요 새처럼 허공에 부딪치는 소리를 내면
가던 방향으로 계속 걸어요 되돌아오지 말아요
뒤섞인 울음과 숨통을 터진 풍선처럼 뒤집어 썼다니
까요
그 사람이에요

뛰는 심장

소리 내지 말자 귀들이 다 없어지도록

칼날을 내부의 사랑이라 하자
피 묻힌 손으로 얼굴을 지우고 있다 하자
얼굴은 점점 더 선명해졌다 하자

그 어떤 소리도 없다 하자
말들은 모두 울다 잠들었다 하자
미친 사람은 울부짖던 말에 칭칭 묶였다 하자
묶은 것이 지상의 사랑이라 하자
사랑은 사로잡힌 것이라 하자
사로잡힌 것에 타들어갈 수 있다 하자

미친 사람은 씻지 않고 검어진다
손가락과 발가락은 몸에서 놓여난다
밝아오는 것은 묶인 것이다
허공은 다 타서 아무것도 남지 않은 것이라 하자

숲길은 세상에 없다 하자

숲길은 세상에 있다 하자
배가 제일 고파질 때 찾아오는 것이 죽음이라 하자
죽음은 맨 끝의 식욕이라 하자
가장 절박한 식욕이라 하자

생존이었다면

굶주림은 제 입도 같이 씹었다

제 살을 쉴 새 없이 삼키며 돌아갔다
나온 곳으로

거기가 시작이었다 하자
거기를 봄이었다 하자
거기에서 숨이 아예 막혔다 하자
거기에 항문을 빠뜨리며
호명을 빠져나갔다 하자
절연이라 하자

몇 날 며칠이고 땅을 팠다 하자
뼛가루를 묻은 땅을 두드렸다 하자
나오지 마라
여기로 다시는 돌아오지 마라
틈을 막아버렸다 하자
입만 삼킬 수 있는 곳이 아니라 하자

오도 가도 못하는 허기가 몇 년째 목구멍에 걸려 있다 하자
느닷없이 쏟아지는 눈물은
목구멍의 불편함이라 하자

세상이 눈앞에 나타나는 것은 목구멍이 잠시 뚫린 것이라 하자

그 순간 뛰어올랐다 하자
다 잃어버리고 남은 손 두 개와 발 두 개라 하자
손 두 개와 발 두 개만 남기고 싶은 거라 하자
텅 빈 곳에서 뻗어 나간

손과 발은 그 누구의 뜻은 아니었다 하자
아무 뜻도 아니었다 하자

기둥 뒤에 소년이 서 있었다

모두 소년을 보았다

입을 꼭 다물고 있었다

울음을 터뜨리기 직전의 얼굴이었다

기둥 뒤에 주황색 티셔츠를 입은 소년이 있었다

나란히 서서 나란히 지는 꽃들 있었다

첨벙첨벙 맨발을 담그고 건너온 같은 밤들 있었다

기둥 뒤에서 소년이 지워지고 있었다

살아 있는 것들은 모두 빠져나간 후였다

나무들은 대부분 한 색만 고집했다

테이블 위에는 흰 케이크

불이 오길 기다리고 있다

말이 땅을 찍어내며 목숨 밖으로 뛰쳐나갔다

구름 드로잉

흰 구름 하나가 안으로 들어왔다

더 이상 풀어질 것 없는 얼굴 같았다

목소리까지 풀어진 형체였다

양쪽의 창은 아치형이었다

창이 파랬다

다시 보니 창틀이 파랗다

안은 낮고 단단했다

정면에 십자가가 있었다

구름 속에서 빛이 쏟아졌다

구름이 밝아지고 있었다

구름이 쏟은 빛이라고 했다

방을 기울이면 빛이 더 들어왔다

창을 통해서는 아니었다

귀 드로잉

어디로 침입이 가능하겠습니까. 들리는 것들은 모두 사라집니까. 알지 못하는 목소리들이 던져졌습니다. 글러브가 아닌데. 강속구. 공은 돌멩이. 영영 막아주겠습니까

쇼룸

빛을 펼쳐라

어찌된 일이야?
아직도 사람 흉내를 내고 있다니

빛을 펼쳐 얼굴을 가릴 겉옷을 짜고

누구니? 하고 물었을 때
나? 하고 대답한다면

아직 죽이지 못한 너

금요일부터 금요일까지
눈을 감으면 얼굴이 여럿 나타났다
눈 안이 생시였다 입을 찢어질 듯 벌렸다
비명이지?라고 물었는데
졸려라고 대답했다

타고 있는 거지?
얼굴이 타오르고 있는 거지?
물었는데

이건 빛의 장난이야
대답했다

눈을 뜨지도 감지도 못하는
상대가 되었나
눈을 뜨면 빛이 스며들었다
눈을 감으면 입을 벌린 얼굴들이 나타났다
벽 끝에서

밀어낼 곳이 없었다
얼굴을 빛으로 생각한 것은 다만 밝음이었기 때문
빛이 얼기설기 엮은 싱거운 방법이 사람이라면
맨 끝에서
어디로 물러날 거야?

지루하고 멋있다. 그게 필요해

적막. 고립. 그리고 투쟁

어쩌면 버렸다

얼굴을 잃어버렸다 어느 순간 버렸을지 모른다 뜨거움으로 위장한 불빛들이 어둠을 빠져나가는 새벽에 어쩌면 어둠 속 어둠이 얼굴들을 먹어치우는 새벽 직전에 어쩌면 어느 순간 구겨서 너의 얼굴에 넣었을지 모른다 어쩌면 죽은 사람이 너라는 걸 모른다 너는 돌아오지 않는다는 걸 모른다 잡으면 바로 잡히는 만지면 바로 만져지는 얼굴이 너라는 걸 모른다 얼굴이 없는데 입꼬리를 올려 웃는 척하는 기시감을 아니 보이지 않는 눈을 깜빡이며 눈을 맞추는 이상한 반복을 어긋나며 겹쳐지는 목소리를 못 알아듣는 말을 계속 자르는 무례를 저지르는 고통을 아니 지루함을 아니 무례는 내가 내 얼굴에게 벌인 일 나는 나도 모르는 인물 나는 내가 모르는 인물 갑자기 울음이 터질 때 세상이 밝았다 어쩌면 이때 버렸다

당신이라니까

동그란 눈알과 동그란 입술이
나란히 벌어질 때까지
작은 것 속에서 큰 것이 튀어나올 때까지
빰이 번질 때까지
휘파람이 될 때까지
숲에서 바람이 새지 않을 때까지
구역을 잃어버릴 때까지

허공을 건너는
긴팔원숭이가 되어

떨어지는 꽃잎들을 받아먹을 것
꽃나무 옆에 게워낼 것
토사물의 울음소리가 될 것

0이 될 때까지 셀 것

부리가 생긴 자화상

흰 목을 따듯 쓴다

살가죽을 뚫고 긴 부리

가장 끝에서부터 걸어가보자 다시
(거기는 말이 나오는 곳)
그곳을 난간이라고 부를까

다행이다 아직 쓸 수 있어서
글씨를 잃어버리지 말자

가로질러
고기 타는 냄새를 내면서

부리와
목뿐
그리고 아래는 그저
넓은 지평

실내복

길게 끌리고 있었다 의도와는 무관하다
소리가 나지 않는다 양쪽 어깨가 희미해졌다

문을 열어 파도에게 목소리를 줄 수 없다
불빛은 문듬에서 새어 나오고 있다
안은 어둑어둑하다

몸으로부터 흘러내린다
등으로부터 흘러내린다
뼈와는 모종의 관계가 있다

감추고 있었다

아래로 툭 빠졌다
끈적한 것이 흘러나오고 있다 손은 미지근하다
신호등은 테두리를 오므리는 데 온 힘을 쓴다

다리를 타고 흘렀다
끝과 바닥의 문제

소리가 나타나지 않도록
길게 끌려오고 있다

수건은 벽에 걸려 있다
십자가에는 마른 예수

칼꽃이의 심정으로

저녁 내내 황소를 그렸다
황소의 가죽이 다 벗겨지도록

허리에 묶은 끈이 스르르 풀렸다
알몸이 벌어지고 있다

피투성이 입장

호주머니칼

모자를 꺼내봐
귀를 만들어줄게

빈방을 지나
서투르게 쓴다

의자는 똑바로 놓아라
사람의 흔적이 나타나도록

모자는 벽에 걸려 있다
벽에 걸려 있는 모자는
쓸 수 없다

모자는 벽에 저항하는 중

창가로 구름이 모여들었다
새는 난간에 앉아 있다

새의 부리는 구부러져도 딱딱하다

새소리는 구부러져도 뾰족하다

서투르게
서투르게

딱딱하고 뾰족한 끝에서 글씨가 만들어진다
흑백으로 써진 문장을 믿니

새는 똑똑 부러뜨린다
모자는 벽에 걸려 있어 쓸 수 없다

새는 난간에 앉아 있다
서투르게
서투르게

허공의 중간에
쓴다

모자를 꺼내봐

구름을 만들어줄게

문을 열어줄게
안이 없거든

창가의 바깥

구름은
서투르게 쓴다 귀만 알아듣는다
빈방을 지나 파도를 넘어

수평선 밖으로 가까스로 내민

발등
서투르게 서투르게

쓴다 모자 글씨 쓴다
아래로 쓴다

사라지는 자리에 계속 쓴다

몸을 굽히고

수많은 모래를 무턱대고 적시는
파도의 두려움
식탁이 차려져 있다
손을 들어 집을 수 있는 것은 귀 두 개

오도독거리는 귓불을 따라
모래를 들이붓겠다

꺼내줄게
긴 혀가 되었으니
꺼내줄게
수평선을 뚫고 나갔으니

게워내
ㅂ.ㅅ.ㄷ.ㅁ.ㄴ.ㄹ.ㅇ

순서를 모르니까

들었던 것은 어디에도 없다
세상의 모든 의자들이 비는 순간이 있다

모자가 걸린 벽

아래

호주머니칼

쓴다 모자를 쓴다
모자는 흘러간다 구름을 쓰고
서투르게 쓴다

구름은

칼날은 칼집 안에 있다
다른 것은 아무것도 안 가지고 들어섰다

두 발을 길게 모으고 있다

심장은 아무것도 기록하지 않는다 다만 떨 뿐

날개는 멀리서 오고 있다

칼을 쓴다 빈방을 지나고 있다

후렴

웅크린 채로 알게 되었죠
상자 속에 있었어요

빛은 언제 출발했는가

쇼룸

사람과 사람

둘 나가고
둘 들어왔다

빈 곳을 메웠다

둘 들어오고
하나 나갔다

짚이는 대로
그림자 둘 집어 들고 갔다

문이 열리고
하나 들어갔다

하나 나오고
하나 들어갔다

발목들은 문 앞에 나란히
말라 죽은 화분 옆에 나란히

이른과 아이

집 밖에는 우산을 들고
장화를 신은 아이가 가고
거기는 허공이고
아이는 허공에서 앞발이 들렸고
우산이 앞을 다 가렸고

집 안에는 목이 꺾인 어른이 있고
팔짱을 껴서 베고 있고
창은 딱 맞고

개와 사람

개가 달리고 사람이 달린다
개와 사람이 달리고 길이 남는다
개와 사람이 달리고 눈이 펑펑 쏟아진다
개와 사람의 발자국이 달리고
달리는 발자국은 남고 개와 사람은 사라진다
개와 사람의 발자국이 녹고
햇빛이 났다 눈이 그친다
개와 사람의 그림자가 섞이고
그림자는 킁킁거리기 시작했다

욜

견딜 수 없는 것들은 서랍에 넣어두었다

이 추운 겨울에 팔목에 걸치고 가는 미지근한 가죽

오랫동안 표정을 숨기느라 등이 불타고 있다

팔목으로는 피의 사랑이 흘러간다
거기에 당신은 없다
없는 당신의 자리로 고양이들이 살금살금 지나간다
시간을 구슬처럼 흘리며

목젖이 다섯 개 돋아났다

소리를 삼키면
하늘을 가리며
긴 텐트

쏟아졌다

세상에 없었던 자세

처음 보는 행선지가 적힌 버스가 도착했다

악수합시다

당신은 먼 곳에서 온 사람
온통 땀범벅이군

나는 나를 다 잃어버린
최후의 사람
척척해서 견딜 수가 없소
다 열렸다오
내게서 박쥐가 튀어 나가도 놀라지 마시오

우선 나를 따라 하게
여기를 살짝 구부리고
아니 아니 겨드랑이는 그대로 두고
맨 끝에 달린 것을 앞으로 뻗게

겨드랑이?

움푹 파인 그곳을 겨드랑이라고 부른다네
감추고 싶은 것이 많을수록 힘이 들어가지
그곳은 그대로 두고 여기를 내밀게

아니 아니
이것은 손이오

손?
이와 혓바닥이 달라붙는 이 외마디 발음은 무엇이오?
이렇게 말이오?
이 이상한 멈춤은 무엇이오?

준비하는 거라네
당신은 그렇게 가만히 있으면 되네
이제 곧 내가 이렇게 다가갈 것이네
그러면 당신은 그냥 위아래로 흔들면 되네
흔들라니까!
아니 아니 겨드랑이는 그대로 두고
맨 끝에 달린 것만 흔들라니까

겨드랑이는 도대체 무엇이란 말이오?
원하는 바가 있는 듯이 내밀어지는 이것은 도대체 무엇이오?

손

내가 이렇게 가서 당신을 이렇게 잡는 것

악수

각자 한 손을 내밀어 마주 잡음

세차게 쏟아지는 비

시체의 손을 싸는 검은 헝겊

손……손…

당신은 무엇이오?

시체의 손을 감싸는

나?

서비스맨

당신의 마지막 악수를 수거하러 온

큐브

4월의 기도

나의 두 손을 맞대는데

어떻게 네가 와서 우는가

4월의 기도

손과 손을 마주한다는 것
아무도
아무것도 들어가지 못하도록
손과 손을 붙인다는 것
불구가 된 손을 입술 위에 갖다 낸나는 것

*

죽은 아이의 생일시를 쓴다
아이가 그러는지 내가 그러는지
자꾸 운다

*

검은 옷과 검은 모자를 쓴 노인이
창 밖 언덕을 오르고 있다
저 노인을 안다

한 시간 뒤 다시 언덕에서 내려올 것이다

언덕은
봄에게 자리를 내어주고 있었다

믿을 수 없다

삼백

건너편 갤러리 창에
아버지 형 친구의 초상화가
떠올라 있다
화가가 그린 죽은 사람 초상화를
차들이 지웠다 보여줬다 지웠다

횡단보도 신호가 바뀌기를 기다리는 동안

곁에서 죽은 사람을 세어보는 아침

나는 아직 살아 있다
한 집 건너에서 또 한 집 건너에서
온 동네 아이들이 죽었다

죽은 사람은 돌아온다
35년 전 죽은 아버지는 꿈에 오면
아직도 생생하게 발이 닿는다

죽은 선생은

변명을 하려고 하면 정확하게 사라진다

산 밑에 이사 와서
새도 울지 않는 새벽

누가 자꾸 내 머리를 쓰다듬어준다

삼백三白
음력 정월에 사흘 동안 내린 눈

검은 홍합

검은 냄비 속에 검은 홍합이 가득하다
켜켜로 쌓인 홍합은 입을 꼭 다물고 있다
홍합과 홍합의 틈바구니에
소리가 묻혔다

냄비에는 찬물이 들어 있고
홍합은 바다에서 왔다

한 번도 물에 들어간 적이 없어요
한 번도 물에 빠져본 적이 없어요

옷을 입고

가스 불에 올려졌다
불꽃은 새파랗고

추워
저절로 부딪치던 이를 넣고 입이 닫혔다
무서워

파도를 입고 입고 입고
단단해졌다

갇혔다

물이 들어오지 않게 붙지 않는 입을 꽉 다물고 있던 것
가라앉지 않기 위해 끝까지 주먹을 풀지 않았던 것

홍합이 덜그럭거리며 끓어올랐다
딱딱 이를 부딪치듯이

여기는 아직도 구겨진 벽
거품이 넘친다 냄비 뚜껑이 열린다

어린 손목이 알고 있는 시계는 어디에서 멈췄을까

홍합이 벌어지고 있다
선홍색 잇몸이 보인다

사월四月 사월斜月 사월死月

사랑은 덜컹이며 떠났다고 쓴다 빈자리가 나타났다
고 쓴다 납작하게 눌려 있던 것이 길이었다고 쓴다
보았다고 쓴다 거기에 대고 불었다고 쓴다 씨앗이
땅을 뚫고 올라올 때는 불어주는 숨이 있다고 쓴다
숨을 불어넣으려면 땅 안에 들어간 숨이어야 한다
고 쓴다 길이 떠오른다 관이 되었다 떠메고 갈 손들
이 필요하다 뒤따를 행렬이 필요하다

사월四月 사월斜月 사월死月

아이들이 배를 밀며 왔다

여기는 물이 없단다
꽃들이 한창이란다

아이들은 배 옆에 쪼그리고 앉아
발목까지 자란 새순을 벗겨보고 있다

얘들아 거기에는 아무것도 들어 있지 않단다

아이들이 배 둘레에 바싹 붙었다

목소리 없이 입 모양으로

수평선에서 한참을 더 간 곳에 방을 얻었어요
우리는 기울지 않는 밤낮 부근에서 지내요

이곳은 햇빛의 노점
세상의 모든 길들이 꼬불꼬불 접혀 들어오는

안이 점점 더 선명해지는 밤의 도서관
히브리어 몰타어 스와힐리어

우리 같은 아이들의 말을 점자처럼 만질 수 있는

아이들의 등과 옆구리에서 물이 솟구쳤다

갈기처럼 깃발처럼 만장처럼
커다란 배가 흰빛에 타들어가기 시작했다

사월四月 사월斜月 사월死月

그림자만 남은 소녀입니다
검고 투명합니다 지나가는 사람들이 소녀의 그림자에 비칩니다

소녀와 개가 흔들립니다 아래에 무엇이 있나 봅니다

개를 타고 온 소녀가 말했습니다

바다 속에 사람이 있어요

소녀는 댕강거리는 목을 간신히 고정하고 있습니다
입에 마스크를 씌운 개입니다 목줄이 아래로 늘어졌습니다

어디쯤 왔나요

손도
손목도 없이

소녀와 개가 흔들립니다 그림자가 그림자를 삼키기 직전입니다

아이들은 반드시
꽃 가게 앞으로 지나가요
향기는 우리들의 것이죠

이러면서요

긴 속눈썹을 깜빡이며 빠르게 소녀가 말했습니다

아이에게

인사한다. 이상한 새 소리를 내서.
인사한다. 꽃잎과 꽃잎 사이의 그늘에 숨어.
인사한다. 작은 나무 아래 그림자가 되어.
인사한다. 세상에서 아무것도 배우지 않은 얼굴이 되어.
인사한다. 없는 모자를 벗어 두 손에 들고.

인사한다. 물방울이 똑똑 떨어지는 소리로.
인사한다. 물방울 속에서.
인사한다. 모든 예의를 갖춘 한 마리 새처럼.
인사한다. 색색의 치장을 한 한 마리 새처럼.
인사한다. 소란한 손과 발을 지우고.

꽃봉오리

4월

소풍

풍선 풍선
풍선들

인사한다. 너에게. 나타나지 않으면서.
인사한다. 너에게. 흐려지며.

인사한다. 똑딱.
인사한다. 단추.
인사한다. 심장.
인사한다. 멈춤.

없는 모자를 벗어 두 손에 들고.

인사한다. 뚝뚝 떨어지는 눈물로.
인사한다. 고개를 들지 못하고.
인사한다. 얼굴이 쏟아지도록.
인사한다. 손을 뻗어 쓰다듬지 못하고.
인사한다. 바람이 부드럽게 눈 감겨주기를.
인사한다. 꼭 쥐고 있던 주먹은 내가 가져온다.

인사한다. 꽃봉오리가 열리도록.

인사한다. 학교 앞 공원을 따라 걸으며.

인사한다. 교문으로 향하는 언덕을 오르며.

인사한다. 데리고 왔다. 너의 목소리. 간결한 길.

인사한다. 거역할 수 없는 순진함에.

인사한다. 장미가 피어날 시간으로.

인사한다. 목덜미에.

인사한다. 풀밭에서.

인사한다. 데리고 왔다. 둥근 풀밭.

인사한다. 침묵을 조금 옮겨 놓으며.

인사한다. 봄을 조금 옮겨 놓으며.

인사한다

긴 행렬

목소리들

물은 무엇을 기르지?

물은 죽음을 기르지

안녕 나야

안녕 우리야

당신들의 어린 친구

곧 어두워져요 서둘러요

소녀. 억지로 잘린 단발머리 같은 이 단어를 알아요?

자세를 만드는 데 꼬박 일 년이 걸렸어요
첫눈이 될 거예요

나는 태어나지 않은 동생이 둘 있어요
울음소리를 들어줘요

내가 보여요?

창에 입술을 대고 문지르겠어요
더 새빨개지고 싶어 번지고 싶어

이 비린내 비린내 비린내

새들은 언제 날아오르나요

날개 안 물의 글씨

먼 나라의 발음 같은
엄마

 엄마 엄마 엄마
 이리 와(단호하고 크게)

 간다 안녕

        엄마 엄마   엄마   엄마
            빛 속에 서 있었어요
엄마 엄마 엄마 엄마 엄마

엄마   엄마   엄마

여기가 아파요

엄마 엄마
엄마 엄마

      엄마 엄마

                                                엄마

새를 보내주세요 사람의 머리 위에 앉아본 적 없는
새를 보내주세요 초록 나무에서 흔들려본 적 없는

우리는 오늘 어린이병원에 입원해요
붕대를 칭칭 감은 인형을 하나씩 들고 말이죠

“싸우지 말고
사랑합니다”
우리가 모두 망가뜨렸어요

병원 침대 시트는 당연히 희죠

쓱쓱 베는 소리가 나죠
쓱쓱 감추는 소리가 나죠

천장에서 깃털이 깃털이 쏟아져요

(빛이

동그랗게)

내일은 나타날게

엄마
엄마
엄마
엄마

엄마

엄마

큐브

신축아파트 공사장은 하루 종일 허공을 뚫었다

하나의 벽을 사이에 두고 죄수와 수녀 들이 걷고 있다

내려진 블라인드 너머에서 사람들이 얼굴을 감싸고 울었다

유모차에 실려 온 아가들의 얼굴에 묵시록이 나타났다

토요일이 지나고 암흑이 찾아왔다

최초의 새벽은 어디에 있습니까

가난한 햇빛은 텅텅 빈 곳에 쏟아지고 있었다

한 편의 생이 끝날 때마다

오른쪽 가슴에서 왼쪽 가슴을 가로지르며

실로폰 소리가 났다

얼굴을 감쌌다 손목이 남아 있었다

고작, 심장

새들이 터진 등을 위에서 아래로 꼭꼭 오므려주었다

눈이 햇빛에 녹는 시간을 생각했다

몸에 쌓인 죄가 빛나기 시작했다

발목이 없는 아이는 발도 없다

더 꺼낼 수 있는 표정이 없다

갖고 있던 표정을 모두 썼다

이것은 절망의 노래

불타버린 정원으로 오세요
눈부신 새를 드릴게요
새는 금방 날아갈 거예요

불타버린 정원으로 오세요
서로의 어깨에 머리를 기대요
허공의 끝으로 꼭 껴안고 걸어가요

불타버린 정원으로 오세요
타다 남은 눈동자를 골라요
창은 두 번 다시 열리지 않아요

눈동자 없이
빨개진 눈
우리의 것인가요?

엎질러진 물을 찍어 책상에 써보았어요
결이라는 슬픈 말을 배웠어요

노래 불러요
밤이 멈추지 않도록

얼굴을 가릴 손이 없어요

그리웠는지도 몰라요
이해하는 손

그 창의 불을 꺼주세요

밤낮없이

작고 낮은 테이블

작고 낮은 테이블을 사이에 두고 마주 앉을 때는
바닥에 앉아 다리를 접고 등을 구부려야 하지요
이 작고 낮은 테이블에 무엇을 올릴 수 있을까요
우리는 마주 앉아 있는데요
저녁이 왔는데요

작고 낮은 테이블을 놓고 마주 앉을 때는
모퉁이가 되어야 하지요
쪼그리고 앉아
우리는 부리가 길어지지요

작고 낮은 테이블이 사이에 있어 우리는
비어 있는 둥그런 접시를 들어 올렸지요

네 개의 손이 하나의 접시를 잡을 때

어떤 기원을 부르기 위해서는
우리의 얼굴을 지나
허공의 입구까지 빈 접시를 들어 올려야 했나요

접시는 소용돌이를 언제 멈출 수 있을까요

볼로 접혀 들어가는 얼굴

깨져버렸어요
다리가 없는 사람이 되었어요
우리는 무릎이 있던 자리를 조금씩 조금씩 구부려보았어요

방문객

흘러나오고 있었어 사랑에 관한 말들이 한 가지 요리만 하는 집의 문이 열려 있었고 여섯 시간 동안 푹 끓인 머리 고기가 오늘의 요리야 사랑을 잃어버린 사람들이 하나뿐인 테이블에 둘러앉아 있었지 멀고 먼 식도의 안쪽처럼

흘러나오고 있었어 사랑이라는 말이 세상이 아직도 사랑을 기억이라도 하고 있는 듯이 자전거가 경적을 울리며 지나갔어 한 번도 들어본 적 없는 눈동자가 떨어지는 소리 같았지 사람들은 숟가락을 들고 있는 중이었지 입은 훨씬 전부터 벌어져 있었지

이곳에서 강은 멀지 않지 소녀들은 일렬로 서서 물을 내려다보고 있지 사랑이라는 말을 하나씩 물고 있는 것처럼 볼이 발그레하지 소녀들은 죽은 지 얼마 안 됐지 이런 서사는 진부하지만 사랑에 관해서라면 조금씩 늦지 밖에 늘 한 발이 남아 있지 그림 속의 손과 생시의 손이 서로를 맞잡을 때 배꼽은 말끔해지지 함께 그림 속으로 사라지지

천사의 날개

4월. 새벽 네 시
창밖. 아기가 사라져 불어난 젖꼭지처럼
돋아난 흰 불빛들. 동그랗다
허공에 툭툭.
간혹. 주황. 초록. 파랑. 불빛들 흐리게

임마누엘. 하고 불렀니
천사. 발음하며 이와 이 사이를 약간 벌렸니
그곳에서 생겨났니
날개는 가장 가파른 곳에서부터

소란스럽지 않다
펄럭여보는 거야
밖에서 볼 때는 날아오르기 위한 움직임이겠지만
날개는 얼른 덮어주려는 거야
표정을 떠난 작은 주검들
숲이 되어주려는 거야

코앞에서 새 떼를 본 적이 있어

먹이를 주는 인간의 손을 따라
새들이 배 가까이로 몰려들었어. 몇십 마리씩
손에 있는 과자만 정확히 물고 날아올랐지
콕 콕 콕
계속 배를 따라왔어

이봐. 새들. 인간의 먹이를 가져가는 이유를
인간의 손 가까이 오는 이유를 말해봐

새들의 날개만 보였지
날개는 인조 같더군 새들은 나일론 같더군
눈만은 사라지지 않는 종잇장 같더군

꿈에 너와 배를 탔어
노를 젓고 있었는데
갑자기 책꽂이가 우리를 덮쳤지
하나도 안 젖었어
신기해하며 너는 책을 집어 들었지

네가 물속에서 집어든 책. 흠뻑 젖은 몸으로
마주 앉아 펼쳐보고 있는 중이야

* 천사의 날개 : 시인 김행숙에게서 당도한 문장.

이것은 사랑의 노래

언덕을 따라 걸었어요 언덕은 없는데 언덕을 걸었어요 나타날지도 모르잖아요

양말은 주머니에 넣고 왔어요 발목에 곱게 접어줄 거예요 흰 새여 울지 말아요

바람이에요 처음 보는 청색이에요 뒤덮었어요 언덕은 아직 그곳에 있어요

가느다랗게 소리를 내요 실금이 돼요 한 번 들어간 빛은 되돌아 나오지 않아요

노래 불러요 음이 생겨요 오른손을 잡히면 왼손을 다른 이에게 내밀어요 행렬이 돼요

목소리 없이 노래 불러요 허공으로 입술을 만들어요 언덕을 올라요 언덕은 없어요

주머니에 손을 넣어요 새의 발이 가득해요 발꿈치를

들어요 첫눈이 내려올 자리를 만들어요

흰 천을 열어주세요 뿔이 많이 자랐어요 무등을 태울 수 있어요

무거워진 심장을 데리고 와요

사람은 탄생하라

우리의 심장을 풀어
발이 없는 새
멈추지 못하는 것이 아니라
날 수밖에 없는 운명을 가졌던

하나의 돌은

바닥까지 내려온 허공이 되어 있다
더 이상 떨어지지 않아도 된다

봄이 혼자 보낸 얼굴
새벽이 받아놓은 편지

흘러간 구름
정적의 존엄

앞에

우리의 흰 심장을 풀어

꽃
손잡이의 목록

그림자를 품어 그림자 없는 그림자
침묵으로 덮여 그림자뿐인 그림자

울음이 나갈 수 있도록
울음으로 터지지 않도록

우리의 심장을 풀어

따뜻한 스웨터 한 벌을 짤 수는 없다
끓어오르는 문장이 다르다
멈추어 섰던 마디가 다르다

그러나 구석은 심장
구석은 격렬하게 열렬하게 뛴다
눈은 외진 곳에서 펑펑 쏟아진다
거기에서 심장이 푸른 아기들이 태어난다

숨이 가쁜 아기들
이쁜 벼랑의 눈동자를 만들 수 있겠구나

눈동자가 된 심장이 있다
심장이 보는 세상이 어떠니

검은 것들이 허공을 뒤덮는다고 해서
세상이
어두워지지는 않는다
심장이 만드는 긴 행렬

더럽혀졌어
불태워졌어
깨끗해졌어

목소리들은 비좁다
우리의 심장을 풀어
비로소 첫눈

붉은 피가 흘러나오는 허공

사람은 절망하라

사람은 탄생하라
사랑은 탄생하라

우리의 심장을 풀어 다시
우리의 심장
모두 다른 박동이 모여
하나의 심장
모두의 숨으로 만드는
단 하나의 심장

우리의 심장을 풀면
심장뿐인 새

* 사람은 절망하라/사람은 탄생하라: 이상, 「선에 관한 각서 2」에서

밤낮없이

사과가 가득 열린 나무만 남음

잎사귀 소리가 쏟아짐
벗겨진 신발이 계속 떨어지고 있음

오늘은 천사들의 마지막 날

하늘을 보고 나란히 누운
아이들의 발바닥이 새싹을 닮았다는 것을

꽃이 아니라 나뭇잎을 하나하나 펴 보아야 한다는 것을

나뭇잎을 펴면 편지,
한쪽에는 바다 또 한쪽에는 깎아지른 돌산이라는 것을

그곳이 수천 밤을 걸어 만난 풍경이라는 것을

길은 잠긴 물과 열린 돌 사이에서 요동친다는 것을

길의 습관을 가라앉힐 수는 없었으므로
허공의 단추를 잠궈주는 동작의 반복이
손이 내내 한 유일한 행위였다는 것을

땡볕을 가려주던 이마 위의 손은
허공의 녹슨 그림자였다는 것을 알게 된 날

처음 간 곳에서 심야기차를 기다리는 사람
밤 너머 뜰을 응시하는 태어난 집에서 떠나본 적 없는 사람

둥근 나무 속에서 붉은 꽃들이 툭툭 튀어나온 날

되돌아온 종이비행기처럼 부고가 왔다

오늘은 천사들의 마지막 날

햇빛이 각도를 조금씩
바꿀 때
얼굴이 하나씩 늘어났다

햇빛이 얼굴을
조금씩 열고 들어갈 때
골목 냄새가 났다

초록 직전
땅속을 상상하는 일

심장을 가볍게 옮겨보는 일

허공은 신들의 자세를 닮아갔다

흰 옷
긴 삽

햇빛 한 삽에 얼굴이 하나씩 떠졌다

하양 바탕
하양 얼굴

햇빛은 늘 처음이다

앞을 향해
손을 가만히 내밀었다

허공이 잊은 것은 날개

모두 사라진단다
날개는 신들의 유머였다

애플 스토어

여름

하루는 폭우가 오고 하루는 폭염이다

하루는 아는 사람 열다섯 명을 만났고

하루는 뻐꾸기 소리만 들리는 허공이다

왼쪽으로 들어왔다 오른쪽으로 나간다

뚫려 있다 비어 있다

가을

아무도 생각나지 않는 밤

서로의 배 위에 손을 얹고

죽음과 나와 단둘이

위층에서 물 내려오는 소리가 들린다

밤 천이백 그루 빼곡하다

겨울

한밤중 허공의 정중앙에 떠 있다

나는 오랫동안 밤이 들고 가는 운구행렬

가벼워질 대로 가벼워졌다

봄
나는 몇 번이고 죽음의 줄에 섰다
바람의 작은 찻잔을 만드는 나뭇잎들처럼

울음 범벅이 된 목을 물속으로 집어넣고 가는

등에 흰 꽃을 매단 너희들

엄마가 너무 많다

은색 미끄럼틀 꼭대기에서 아이는
내려오기 직전이다 손으로 양옆의
난간을 꼭 잡고 엄마 거기 있어 또박
또박 말한다

경사가 끝나는 곳에 엄마는 있다 어
서 내려오기만 하렴 두 팔을 벌리고
있다

아이는 여섯 달 전에 죽었다 매일의
작전은 동일했다 생일은 계속 돌아
왔다

미끄럼틀과 햇빛은 서로를 통과하
지 못한다 엄마가 너무 많다 빈 그네
의 마음이 바닥에 끌리고 있다

엄마와 내가 아직 이 세상에 오지 않았을 때

손톱달 뼈에 나란히 걸터앉아 물었지

이렇게 작고 연한데 어떻게 엄마가 되려고 해?

바보
말랑말랑한 콩알을 알아버렸잖아

콩알?

넌 몰라도 돼
다음 생이 끝날 때까지

손톱달엔 엄마와 나
단둘이었다

삐걱삐걱 소리가 났다
젖어 있었다

푸른색이 연해지자

안겨 있었다

자장자장

엄마와 내가 함께 흔들린
마지막 순간이었다

이것은 희망의 노래

검은색으로부터 그것은 떠오른다. 그것은 오로지 검은색이다. 그것은 오로지 검은색이었다가 검은색이고 검은색이 될 것이다. 검은색 속에서 검은색이 떠오른다. 검은색 속에서 검은 바람이 일어난다.

그것은 검은색.

불어오는 것이다. 우리는 휩싸이는 것이다. 검정의 바람이 되는 것이다.

구겨 넣은. 긴 손처럼. 긴 혀처럼.

그리고 침묵.

그 속에 우리는 머리에서 발끝까지 묻히는 것이다. 숨 막히는 것이다. 다시 일렁이기 시작하는 것이다.

해설

희망을 꿈꾸는 천진한 행진

박상수
(시인, 문학평론가)

1. 죽음의 심연을 인식하며 극복할 것

시인은 삶의 심연에 깊이 상처받은 자이지만 거기에 멈추어 있는 사람은 아니다. 그가 시적 언어의 세계로 들어서는 순간, 잠시나마 언어가 그를 구원해내기 때문이다. 구원과 고통, 희망과 절망이 교차하는 이 세계에서 이원의 심연은 대체로 죽음이었다고 바꾸어 말할 수 있으며, '삶에 내재한 죽음의 심연을 인식하는 동시에 극복하는 일'은 그녀의 가장 중요한 시적 출발점이 되었다.

스크린 뒤에 감추어져 있을 뿐 이미 우리 삶과 문명 안에 깊이 들어와 있는 죽음을 무기질적 감각의 형태로 때로는 선험적 예감의 형태로 외면 없이 직시하기. 인간적 특성을 제거해야 죽음을 극복할 수 있다고 믿기에 (상식적이고 일반적인) 인간성으로부터 멀어지기를 자처하기. 죽음에 가장 가까운 자리, 불현듯 멈춘 시간의 틈 안에서 그녀의 시적 대상들은 상식을 뛰어넘는 잠재성을 다채롭게 구현해내는 사물로 변모하기도 했다. 그것이 빚어낸 유니크한 이미지의 집적과 언어주의자로서의 개성은 우리 시단 전위의 한 축을 힘 있게 감당하기에 부족함이 없었다.

하지만 이것이 다일까? 그녀를 여기까지 이끌어온 다른 힘으로 '아이의 천진함'에 대해서도 비중 있게 이야기해야 하지 않을까? 아이들이 등장할 때 이원의 시는 공중으로 살짝 들어 올려진다. 역설적이게도 심연을 껴안으면서 횡단하고 다독일 수 있게 된다고 할까. 진득하고 달콤한 몸을 가진 아이들, 존재가 완성되지 않았기에 가능성이 많은 아이들, 시간의 경과가 빚어내는 결과를 알지 못하지만 오히려 현재의 시간만을 가장 열렬하게 살기에 역설적으로 벽의 한계를 극복할 수 있는 에너지를 가지고 있으며, 그래서 벽을 향해 과감하게 달릴 수 있는 아이들이 만들어내는 활기와 천진한 매력. 이원의 시적 자아가 이질적인 부력에 몸을 싣고 경계를 돌파하여 소란스럽게 발랄해질 준비를 하는 것이 바로 이 순간이라고 말해도 좋으리라.

2. 맞지 않는 모자가 되어 행진하기로 해요

이번 시집 곳곳에 잠재한 언어와 이미지의 역동성을 감각한 사람이라면 당신은 자신도 모르게 '아이의 천진함', 그리고 늘 '딛고 선 자리에서 더 멀리 나아가려는' 이원 시의 생래적 에너지와 벌써 접속한 셈이다. 가령 두 번째에 배치된 「모자는 왜」와 같은 시를 읽으면 우리는 이번 시집이 어디를 향하고 있는지 은은하게 알게 된다. 초반 시적 자아는 '우리'라는 이름으로 손잡을 수 있는 누군가와 한밤의 거리를 걸어가는 것 같다. 핵심은 마치 관과 같은 쇼윈도에 모자가 한 개씩 걸려 있다는 점인데 '우리'는 모자에 새로운 이름들을 달아준다. "타오르고 있는 색이네/흐느끼는 입이네/허공을 붙잡는 손이네/갇힌 채 기다리는 눈동자네"가 바로 그것. 갇혀 있다는 현실의 조건, 물질적 속성을 반영하면서도 다른 존재로 변화할 수 있는 가능성을 암시하는, 시각적이고 신체적인 이미지들이다. 만약 상상력의 회로를 더 따라갔다면 꿈은 회화적으로 더욱 풍성해졌을 것이다.

그런데 돌연 "살이 다 발려졌네/가죽만 남았잖아/[……]//이게 우리야 가죽만 남은 우리야"라는 대목으로 시의 전개가 확 구부러지면서 모자의 속성은 응시 주체의 심연을 가혹하게 증명하는 성찰로 자리를 바꾸어 버린다. 확인할 수 있는 것은 이원의 시에서 죽음의 심연을 만나는 방식이 이와 같다는 점이 아니라 그럼에도 불구하고 죽음에서 벗어나려는 시적 자아의 명징한 의지이다. "그러나 우리는 꼼짝하지 못했습니다/녹아내렸는데/굳기까지 하면 어떡합니까//맞지 않는 모자가 됩시다//우리는 동시에 입술을 움직였습니다"와 같은 구절에 오래 마음을 두고 읽게 되는 이유가 여기에 있다.

살이 다 발린, 마치 관 속에 들어 있는 육체 같은 '모자의 앙상함'은 모자가 아예 녹아버리면 어떻게 되는지에 대한 성찰까지 이어져 죽음에 가장 근접한 무기물의 공포와 섬뜩함을 노출하지만 바로 그 순간에 시적 자아는 "맞지 않는 모자가 됩시다"라는 다짐으로 완전한 무기물화에 저항한다. 그리하여 불러내는 최종 진술이 "우리는 동시에 입술을 움직였"다는 말이다. 입술이 무엇을 말할지는 누구도 모른다. 아직 도착하지 않았지만 이제 막 발화될 어떤 가능성—그 도입부가 입술이라는 신체기관을 통해 마련됨으로써 우리는 이원에게 '언어'가 얼마나 중요한지를 이해하게 된다. 맞지 않는 모자가 되기로 해요 우리. 우리의 삶은 가죽만 남아 있고 꼼짝할 수 없는 것이지만 거기에 굴복해서는 안 되는 것이어요. 우리는 입술을 움직여야 해요.

이것이 이번 시집의 근본 태도라면, 전반부 상당수의 시편들은 아이들의 천진함에 기대어 유연한 상상과 자립적 이미지를 보여준다고 해도 좋겠다. 어떤 시들은 옷을 잘 차려입고 북을 두드리며 행진하는 아이들을 떠올리게 한다. 분명 이원의 언어들은 선명한 주체도, 목적도 없이 부려지고 존재하지만 이번 시집에서는 아이들의 목소리가 두드러지고, 그들이 행진할수록 공기 속에 숨어 있던 또 다른 아이들이 달려와서 대열에 합류할 것만 같다. 그런 마음으로 한 편의 시를 읽는다.

> 음원을 공유했다
> 토마토를 대량 재배했다
> 똑같은 거울 두 개씩 달아주기를 즐겼다
> 지구인 수를 셌다
> 비밀번호에게 집을 맡겼다
> 개를 껴안고 잠들었다
> 달걀마다 산란일자를 표시했다
> 어둠이 사과 속에 들어가는 것을 허용했다
> 사과 속에 씨앗이 들어가는 것을 허용했다
> 열매와 돌을 같은 모양으로 만들었다
> 반숙 완숙이 공존했다
> [……]
> 엄지에게 전권을 주었다
> 표지판을 세우고 길을 잃는 놀이를 멈추지 않았다
> 냉장고 안에서 벌어지는 일을 알고 싶어졌다
> 햄버거는 내부 구조를 바꾸지 않았다

돼지와 닭 들을 생매장했다

[……]

발가락이 향하는 곳을 여전히 앞이라고 불렀다

원스톱 쇼핑몰 귀신 출입을 금지시켰다

희망을 허용하고 있었다

외계행성사냥꾼 위성을 쏘아 올리고 외계인은 몰라봤다

화살표를 따라가면 푸드홀이 있었다

—「뜻밖의 지구」 부분

제목에 걸맞게 행이 바뀔 때마다 뜻밖의 사건들이 불쑥불쑥 솟아오르는 유연한 작품이다. 각각의 사건은 의미 있는 서사의 축적으로 짜임새 있게 완결된다기보다는 "~했다"는 서술부의 비교적 통일된 리듬감 안에 간수되는데 제각각 독립적인 형상이 유지되며 빚어내는 개별 사태의 상상력과 행동이 흥미롭다. 지구인의 수를 세는 화자는 외계인 같기도 하며, 달걀마다 산란일을 표시하는 사람은 엉뚱한 매력을 가진 단발머리 영화배우 같기도 하다. "엄지에게 전권을 주었다"는 문장의 주인은 엄지를 추대하는 장난꾸러기 아이 같으며 길을 잃는 놀이를 멈추지 않는 이는 몸은 어른이지만 아이의 정신을 가진 사람 같기도 하다. 물론 여기에는 엄지 하나로 스마트폰 메시지 전달에 여념이 없는 풍속, 실제로 달걀 겉면에 적혀 있는 산란일자 표기 등이 상상력의 기반이 되어 있음은 물론이다. "돼지와 닭 들을 생매장했다"는 구절에서 느껴지듯이 죽음의 흔적 또한 없는 것은 아니지만 뜻밖의 사건이 계속 발생하면서, 특히 예상치 못한 사건들을 맞이하는 행진의 지속적 운동성 안에서, 죽음은 어느 정도 다독여진다고 봐야 한다. 귀신이나 외계인, 외계행성사냥꾼이 나타나지 말라는 법도 없고 삶과 죽음이 뒤섞이지 말라는 법도 없으며 그렇다면 희망이 불허될 이유도 없다.

"화살표를 따라가면 푸드홀이 있었다"는 마지막 행은 지금까지의 돌연한 출몰들이 마치 미로와 같은 지하 쇼핑몰을 목적없이 주유한 시적 자아의 만물박람기처럼 여겨지도록 힌트를 제공하기에 이채롭다. 물론 꼭 그렇게 해석되지는 않는다고 하여도, 분명한 것은 푸드홀의 등장이 묘한 현실감을 안겨주며 우리의 행진을 격려하는 마무리로 충분히 알맞게 느껴진다는 점이다. 말하자면, 이 다양한 음식들 앞에서 우리는 메뉴를 선택하기 위해 신나게 움직일 것이고 음식을 먹은 뒤에는 힘을 충전하여 또 다른 사건들을 일으키고 만나기 위해 화살표를 따라 더 움직일 것이다. 그때는 또 어떤 새롭고 흥미로운 일들이 벌어질까. (이 개방적 에너지를 간직하되 여기서는 "어둠이 사과 속에 들어가는 것을 허용했다/사과 속에 씨앗이 들어가는 것을 허용했다/열매와 돌을 같은 모양으로 만들었다/반숙 완숙이 공존했다"라는 구절을 서랍에

좀더 보관해두기로 하자.)

3. 어떻게 사과를 나타나게 할까요

①

발을 굴렀던 것도 같습니다//넓적한 것이 쓰다듬을 때/빰은 펄럭였어요//바람이 좋았다고요//[……]//얼굴이 뒤죽박죽이지 뭐예요/축축한 날개 한쪽으로 머리를 덮어주고 있더라니까요//그때에도 거위는 눈알을 떼룩떼룩 굴리고 있더라니까요/빽빽하게 지구 돌아가는 소리가 났어요//굳게 닫힌 부리를 믿었었나 봐요

—「거위를 따라갔던 밤」 부분

②

지퍼처럼/새와 아이는 같은 방향이 열려 있다//컷 컷/잘린 것들이 들어 있다//아이는 고개를 뒤로 젖혀 입을 벌리고//[……]//모가지를 비트는 곳에서 꽃망울이 생겨나고 있을 것이다//난간은 불탔다//모자 하나가 차도에서 뒹굴었다//다리 밑에서 여자는 개를 꼭 껴안고 있다//리본이 묶인 머리통만큼은 내어줄 수 없다는 듯이

—「15분 동안 눈보라」 부분

③

어디에도 없는 골목에서 아가들이 눈을 뜨는 소리//횡단보도마다 달빛이 삶을 끌고 가는 소리//모퉁이를 돌면 어떻게 사과가 나타날 수 있습니까//모퉁이를 돌아 나타난 사과는 무엇입니까

—「당일 오픈」 부분

인용시 세 편에서도 '지금 여기서 더 멀리 가보려는 마음'은 이번 시집의 인상적인 '행진'을 뒷받침하는 핵심 동력임을 짐작할 수 있다. 우선 ①은 거위와 손을 잡고 밤 속을 걸어가는 장면을 그린 포근한 분위기로 출발한다. 거위와 내가 어떻게 손을 잡을 수 있을까, 하는 천진한 놀라움을 가슴에 품고 그러나 바로 그런 이유로 모든 인간적 구속을 벗어던진 채 날기를 꿈꾸는 행진은 엉뚱하고 매력적이다. 거위의 날개가 손쉽게 자유를 허락하여줄 것이라는 기대는 밝아오는 빛과 밤이 뒤섞이며 어쩐지 난관에 부딪히기도 한다. 이번에도 중요한 것은 "그때에도 거위는 눈알을 떼룩떼룩 굴리고 있"다는 것과 "굳게 닫힌 부리를 믿었"다는 점이 아닐까? '그때에도'와 '믿었다'는 말에 주목해보길. 눈알의 둥그런 물질적 속성을 이미지로 간직해두길. 거위의 부리를 믿고 있다는 부분을 공들여 묵상해보길.

'거위의 부리'에 대해 먼저 이야기하자면 '닫힌 부리'

는 그 자체로는 부정적 뉘앙스를 풍긴다. 앞선 「모자는 왜」와 같은 시의 마지막 구절인 "우리는 동시에 입술을 움직였습니다"와 견주어보자면 상대적으로 과묵한 인상 또한 부인할 수는 없다. 그러나 무언가를 더 말하고, 더 나아가려는 마음의 정서적 대응물로서의 '길게 뻗어 나온 부리'를 연상시킨다는 점에서 완벽한 좌절로 가두어지지만은 않는다. 한편 '거위의 눈알'에 대해서라면 이건 어떨까. 거위에게 기대했던 날아오름의 희망은 쉽게 성취되지 않으며 밤과 빛의 혼란스러운 만남 속에서 좌절되는 듯하지만 뻑뻑하게나마 돌아가는 눈알의 '둥그런 이미지' 속에서 가능성에 대한 예감이 완전히 버려지지는 않는다는 점 말이다. 그렇다면 이것은 행진의 선(線)적인 이미지가 눈알의 회전하는 이미지로 변주된 것이 아닐까.

이를 ②의 인상적인 이미지, 즉 "리본이 묶인 머리통만큼은 내어줄 수 없다는 듯이"와 연결하여 읽어보면, 왜 하필 '15분 동안의 갑작스러운 눈보라' 속에서도 '한 여인이 리본 묶은 개의 머리통'을 지키려는지 이해하게 된다. 눈보라의 혼란 속에서 모가지는 비틀리고 난간은 불탈 수도 있으며 모자 하나가 차도에 뒹구는 일은 일도 아닐 터이다. 이 순간 하필이면 여자가 안고 있는 '리본 묶인 개의 머리통'('통'이라는 단어 역시 둥그런 이미지를 연상시키면서)은 '거위의 눈알'에 상응할 뿐만 아니라 리본이 풀리면 어떤 사건이 나타날지를 궁금하게 한다는 점에서 '굴복하지 않으려는 의지와 미지의 가능성'을 잠재적으로 예비하는 진지한 이미지로 읽힌다.

여기까지 오면 어째서 이번 시집에서 「애플 스토어」라는 동명의 제목을 가진 시편들이 반복되고 '사과'의 둥그런 흔적을 품은 시편들 또한 곳곳에 모습을 드리우고 있는지 짐작할 수 있게 된다. 그 짐작을 소축척지도로 펼쳐놓고 기억을 더듬어 앞서 서랍에 보관해두었던 "어둠이 사과 속에 들어가는 것을 허용했다/사과 속에 씨앗이 들어가는 것을 허용했다/열매와 돌을 같은 모양으로 만들었다/반숙 완숙이 공존했다"(「뜻밖의 지구」)는 구절을 왼손에, 인용시 ③의 "모퉁이를 돌면 어떻게 사과가 나타날 수 있습니까//모퉁이를 돌아 나타난 사과는 무엇입니까"라는 구절을 오른손에 들고 음미해본다면 이제 이번 시집의 모든 풍경과 이미지들이 대축척지도의 구체적 형상으로 또렷해지는 것을 느낄 수 있을 것이다.

왼쪽을 '뒤섞인 막막한 현실'이라 부르고 오른쪽을 '주체도 목적도 없는 치열한 의지'라고 부르자. 현실의 사과를 깎아내 어디에서도 본 적 없는 사건으로 탄생시키려는 '애씀의 태도'에 대해서 오래 생각해보자. 현실원칙에 기대 쉽게 의미를 부여할 수 없는 (목적 없는) 의지여야만이 비로소 현실원칙의 난관을 넘어설 수 있다는 것, 알고 쓰는 것이 아니라 모르고 쓰는 일이 우리를 구원할 것이라는 점도 부기해둘 만하다. 사과는 '어둠/씨앗', '열매/돌', '반숙/완숙'을 함께 뒤섞어 돌아가는 신비로운 상징으로 변모한다.

여기에 '눈보라 속에서 고개를 뒤로 젖히고 입을 벌린 아이'(「15분 동안 눈보라」)의 이미지, "어디에도 없는 골목에서 아가들이 눈을 뜨는 소리"(「당일 오픈」)가 주는 기대감을 조각보로 덧대어보자. 이원의 시적 자아는 순간주의자로서 지금 여기, 우리의 눈앞에, 어떻게 하면 어디로 굴러갈지 모르는 가능성으로 오픈되는 사과의 출현을 만들어낼 수 있을지를 고민한다. 아이들의 천진함이 아니라면 어떤 것도 바라거나 넘어설 수 없음을 비로소 수긍하는 일이 이원 시집을 읽는 우리의 깨끗한 기쁨이기도 하다.

4. 내 기도 옆에 와서 우는 너의 얼굴

하지만 지금까지의 모든 발랄함, 현실원칙의 가장 외곽에서 도래할 희망을 꿈꾸는 천진한 의지들은 전체 다섯 개 중 네번째 장의 "나의 두 손을 맞대는데/어떻게 네가 와서 우는가"(「4월의 기도」)라는 짧은 시에서 무너진다. 이미 두번째 장에서부터 우리는 점진적으로 막막한 슬픔이 번져가고 있음을 느꼈지만 세번째를 지나 네번째 장으로 접어들면서 어떤 죽음은 더 이상 상징적인 것에만 그치지 않음을 알게 되는 것이다. 고백하자면, 나는 이번 이원의 시집을 읽고 나서 한동안 후반부의 깊은 심연에서 벗어나지 못했다. 고통에 감응하는 것 이외에 다른 길을 찾지 못하여 죽음의 심연 곁에서 정말 오래 손과 발을 움직일 수 없었다고 말할 수도 있겠다. "죽은 아이의 생일시를 쓴다/아이가 그러는지 내가 그러는지/자꾸 운다"(「4월의 기도」), "내일은 나타날게//엄마/엄마/엄마/엄마//엄마"(「목소리들」), "노래 불러요/밤이 멈추지 않도록//얼굴을 가릴 손이 없어요"(「이것은 절망의 노래」)와 같은 구절은 지나간 줄 알았던 슬픔을 이곳으로 불러와 다른 것을 보지 못하게 만들지 않는가. 자세하게 다루지는 못하였지만 이원의 시에서 '손/발/손목/발목'이 현실원칙의 가장 외곽에서 미지의 가능성을 예비하는 '희망의 척후병' 내지는 '희망의 관절' 역할을 했던 점을 이해한다면 "얼굴을 가릴 손이 없어요"라는 말은 마치 모든 가능성이 불능에 빠진 상태를 지시하는 말처럼 들린다. 그리고 그 자리에, '우는 너의 얼굴'이 있다.

죽음의 심연을 다독이도록 힘을 주었던 상징적 아이들이, 살과 피를 입은 현실의 아이들로 구체화되어 바다에서 돌아오지 못했다는 사실은 천천히 이번 시집을 깊은 바닥으로 끌어내린다. 이 사건은 공동체의 비극인 동시에 이원의 시적 자아에게는 실재의 폭력적인 침입과도 같지 않았을까. 시집의 후반부는 바로 이 슬픔과 가엾음에 바쳐진 것이라고 해도 과언이 아니다. 그럼에도 불구하고 이원의 시는 구체적 사건과 현실의 고통을 받아 안으면서도 뛰어넘는다. "슬픔은 사유화한다(privatizing)고, 슬픔은 우리를 고독한 상황으로 회귀시킨다고, 그런 의미에서 슬픔은 탈정치화한다고 생각하는 사람들이 많다. 그러나 나는 슬픔이 복잡한 수준의 정치공동체의 느낌을 제공하고, 슬픔은 무엇보다도 우리의 근본적인 의존성과 윤리적 책임감을 이론화하는 데 중요한 관계적 끈을 강조함으로써 그렇게 한다고 생각한다"(주디스 버틀러, 『불확실한 삶』, 양효실 옮김, 경성대학교출판부, 2008, p. 49)는 말에 귀기울여볼 필요가 있겠다. 이원의 시적 자아는 슬픔과 고통을 전면적으로 감당하면서 동시에 그만의 방식으로, 사회적이고 정치적인 영역까지 그것을 확장시킨다.

5. 슬픔 곁에 천진함의 조약돌 놓기

지난 시절 우리는 상실의 슬픔 이후 절망과 고독으로 제각각 침잠하기도 했지만 한편으로는 타인의 죽음에 격렬하게 반응하는 자신이 근본적으로 얼마나 취약하고 또한 타인에게 의존적인 존재였는지를 확인함으로써 역설적으로 우리가 서로에게 깊이 연루된 공동체의 일원임을 재인식한 바 있다. 즉 우리 존재의 취약성에서 되물어진 인간 자율성의 환영에 대한 반성, 그리고 윤리적 책임감의 상기를 통해 오히려 사회와 재접속하여 차라리 슬픔을 확장시키고 가장 정치적인 방식으로 애도하는 길이 무엇인지를 탐색하게 된 것이다. 이원의 시적 사아는 바로 이 순간에, 떠난 아이들의 순결함을 다시 호명하고, 순결함을 나타나게 하는 행위로서의 시 쓰기를 경계까지 밀고 나가며, 그 결과 사이사이에 자신이 믿고 있는 가치, 즉 '아이들의 천진함'을 다시 놓아보는 방식으로 애도의 사회적 확장을 꿈꾼다.

> 인사한다. 이상한 새 소리를 내서.
> 인사한다. 꽃잎과 꽃잎 사이의 그늘에 숨어.
> 인사한다. 작은 나무 아래 그림자가 되어.
> 인사한다. 세상에서 아무것도 배우지 않은 얼굴이 되어.
> 인사한다. 없는 모자를 벗어 두 손에 들고.
> [……]
> 인사한다. 똑딱.
> 인사한다. 단추.
> 인사한다. 심장.
> 인사한다. 멈춤.

없는 모자를 벗어 두 손에 들고.

인사한다. 뚝뚝 떨어지는 눈물로.
인사한다. 고개를 들지 못하고.
인사한다. 얼굴이 쏟아지도록.
인사한다. 바람이 부드럽게 눈 감겨주기를.
인사한다. 꼭 쥐고 있던 주먹은 내가 가져온다.
[……]
인사한다. 데리고 왔다. 너의 목소리. 간결한 길.
인사한다. 거역할 수 없는 순진함에.
인사한다. 장미가 피어날 시간으로.
인사한다. 목덜미에.
인사한다. 풀밭에서.
인사한다. 데리고 왔다. 둥근 풀밭.
인사한다. 침묵을 조금 옮겨 놓으며.
인사한다. 봄을 조금 옮겨 놓으며.

인사한다.

긴 행렬.

—「아이에게」 부분

"인사한다"라는 단순한 동작이 반복되면서 멀리로 흩어지고 침잠하려는 감정을 붙들어주는 이 시편에서 우리가 확인할 수 있는 것은 슬픔과 천진함을 함께 놓아두는 일에 관해서이다. 그렇다. 여기, 이런 목소리가 있다. 꽃잎 그늘에 숨어 작은 나무의 그림자로, 세상에서 아무것도 배우지 않은 천진한 얼굴이 되어 이상한 새 소리로 아이에게 인사하는 그런 목소리. 고개를 숙인 채로 얼굴이 쏟아지도록 슬프지만, 바람에게 아이들의 눈을 대신 감겨주기를 기원하며 굳은 주먹을 쥐고 돌아오는 목소리. 안녕 똑딱. 안녕 단추. 안녕 멈춘 심장아…… 인사하는 행동 곁에 바둑돌처럼 놓이는 슬픔의 이 작은 조약돌들. '아이'라는 단어와 '단추'라는 단어는, 입술을 깨물며 언어를 가만히 내려놓는 시적 스타일과 내용과 형식의 면에서 적절하게 조응한다.

이 작은 '단추-아이'를 자각한다는 것은 떠난 아이들의 순결함을 여기 불러내 시적 자아의 천진함과 결합시켜 더 큰 사랑을 실천하려는 의지의 표명이다. "이렇게 작고 연한데 어떻게 엄마가 되려고 해?//바보/말랑말랑한 콩알을 알아버렸잖아"(「엄마와 내가 아직 이 세상에 오지 않았을 때」)라는 문답이 '엄마'로 상징되는 사랑의 행위자로 연결되는 감동이 그래서 가능하다. 콩알, 단추, 아이는 가장 작고 연약한 이름이지만 "거역할 수 없는 순진함"을 매개로, '저쪽의 너'를 '이쪽의 나'에게로 옮겨 오게 만드는 중요한 매개물이자 절실한 연대의 관절로 움직인다.

세상에는 슬픈 순간에 오히려 투명하리만큼 천진해지는 사람이 있다. 이것은 현실의 무게를 모르는 자의 여린 방어에 불과한 것일까? 그렇지는 않다. 앞서 읽어온 이원의 시에서 '아이들의 천진함'이 얼마나 용맹한 의미였는지를 기억하는 사람이라면 슬픔 곁에 천진함을 놓아두려는, 이 근원적 에너지의 감추어진 역동성을 이해할 수 있을 것이다. 오로지 절망뿐인 현실에서 기존의 앎을 무지로 돌리는 천진함이 없다면 어떻게 새로운 꿈을 꿀 수 있을까. 고통 앞에서 우리는 깊은 무능감에 사로잡히지만 그 순간 오히려 "거역할 수 없는 순진함"에 자신을 내어주고, 그 순진함의 힘으로 분명 불가능할 것을 알고 있지만 그 불가능마저 밤과 낮을 뒤섞듯 사과 안에서 회전시킨다면, 불현듯 '침묵이 옮겨'지고, '봄이 옮겨'질 수 있으리라는 기대를 하게 되는 것이다. 울고 있는 너로 인하여, 아파하는 네가 옆에 있다는 것을 발견하는 일을 통해서, 기도하는 두 손은 현실원칙을 정지시켜 가장 멀리까지 나아가려는 사회적 행위가 된다. '슬픔'이 우리를 사유화privatization로 내모는 것이 아니라 사회화socialization로 이끈다면 '슬픔'을 '기도'로 바꾸는 일도 가능하다. 이원의 어떤 시들은 '잠행하는 기도'라 불러도 이상하지 않으며, 더욱 정확하게는 '슬프고도 천진한 기도'라고 불러야 한다. 이원의 이번 시집은 자신의 방법론 안에서, 가장 충실한 방식으로 사회화된 애도를 수행한 기록이라고 할 만하다.

6. 심장뿐인 새, 다시 일렁이는 희망

그동안 세월호를 다룬 많은 문학적 작업들과 이원의 시가 갈라지는 지점도 여기에 있다. 단추의 힘으로 슬픔을 확장시키기. 콩알의 힘으로 슬픔의 공동체를 만들기. 천진함의 힘으로 이 슬픔의 경계에서 더 멀리 가보기. 우리들은 제각각 모두 단추이자 콩알이지만 거기에 그대로 멈춰 있는 존재는 아니다. 지속적 행진의 힘, 지속적 운동성의 힘, 어디로 움직일지 모를 '아이들의 천진함'을 가지고 있기에 얼굴을 일그러뜨리며 울다가도 그 뒤섞임 안에서 새로운 하늘이 열리는 꿈을 꾸어보는 것이다. 네번째 장의 마지막에 「이것은 절망의 노래」가 배치되어 슬픔 안에서 우리는 가장 깊은 나락으로 잠겨드는 듯하지만 바로 다음 장의 첫 시에 이르면 이번 시집의 전체 구성이 어떤 꿈을 향하여 전진하는지 고개를 들어 이해하게 된다. 이쪽의 힘을 더 따라가보자. 이원의 시적 자아는 여전히, 지속적으로 더 멀리 닿기 위해 계속 움직인다. 「작고 낮은 테이블」은 말 그대로 '작고 낮은 테이블'을 사이에 두고 마주 앉은 '우리의 기도'에 관한 이야기이다.

> 작고 낮은 테이블을 놓고 마주 앉을 때는
> 모퉁이가 되어야 하지요
> 쪼그리고 앉아
> 우리는 부리가 길어지지요
>
> 작고 낮은 테이블이 사이에 있어 우리는
> 비어 있는 둥그런 접시를 들어 올렸지요
>
> 네 개의 손이 하나의 접시를 잡을 때
>
> 어떤 기원을 부르기 위해서는
> 우리의 얼굴을 지나
> 허공의 입구까지 빈 접시를 들어 올려야 했나요
> 접시는 소용돌이를 언제 멈출 수 있을까요
>
> 볼로 접혀 들어가는 얼굴
>
> 깨져버렸어요
> 다리가 없는 사람이 되었어요
> 우리는 무릎이 있던 자리를 조금씩 조금씩 구부려보았

어요

—「작고 낮은 테이블」 부분

이 한 편의 시는 소박하지만 아름답다. 극적인 사건이나 강렬한 이미지가 없는데도 어떻게 그런 일이 가능할까. 처음 '작고 낮은 테이블'을 가운데 두고 다리를 접거나 쪼그리고 앉아 있는 '우리'는 무척이나 불편해 보인다. 하지만 바로 그 불편한 자세가 안락함이 불러오는 사고 정지를 비껴가게 하며 "모퉁이"의, 무언가 위태롭지만 활성화된 공간의 가능성으로 이들을 이끈다. "부리가 길어지"듯 언어의 가능성도 더욱 열리는 상황에서 '우리'는 "비어 있는 둥그런 접시"를 마주 잡아 들어 올린다. '둥글고 빈 접시'는 역시 사과의 둥그런 형태를 떠올리게 하며 아무것도 뒤섞여 있지 않아서 순결한 느낌을 준다. 인상적인 것은 시 속의 인물들이 서로의 손과 손을 모아 빈 접시를 들어 올리면서 얼굴을 지나 "허공의 입구까지" 이 접시를 더 높이 들어 올린다는 점이다. 이것은 간절한 염원을 담은, 가장 순결한 기도의 이미지가 아닐까. 동시에 기도는 빈 접시를 들어 올리는 일만큼이나 무용해 보인다.

그럼에도 불구하고 "접시는 소용돌이를 언제 멈출 수 있을까요//볼로 접혀 들어가는 얼굴//깨져버렸어요"라는 구절에 주목할 필요가 있다. 빈 접시가 어떻게 "소용돌이"를 멈추게 할 수 있겠는가. 그 기대란 처음부터 불가능했던 것이 아니냐고 묻는다면 그동안 우리는 이원의 시집을 잘못 읽은 것이 된다. 무력한 듯 보이는 이 기도에는 이미 타인의 고통에 감응한 우리의 일그러진 얼굴이 참여하고 있다. '나'뿐만 아니라 '당신'의 얼굴까지 여기에 함께 담겨 있다는 것이 접시가 깨지는 이유이다. 현실원칙의 눈으로 보자면 아무것도 담기지 않아서 절대로 깨질 일이 없는 접시이지만 '천진한 아이'의 눈으로 보자면 이 접시에는 이미 우리의 슬픈 얼굴이 무겁고도 뚱뚱하게 담겨 있기에 넘쳐서 깨질 수밖에 없는 것이다.

따라서 "다리가 없는 사람이 되었어요/우리는 무릎이 있던 자리를 조금씩 조금씩 구부려보았어요"라는 마지막 두 행은 평이한 절망의 일차원적 이미지로 읽어서는 안 된다. 비록 손발이 다 잘리는 고통 속에 있지만 '손목-발목'의 연장선상에 맞닿아 있는 '무릎'의 가능성, 경계의 가능성, 더 나아가겠다는 결심, 절대로 지지 않겠다는 의지의 표명으로 읽어야 옳다. 우리가 서로 순결한 마음으로 만날 때 현실의 법칙은 깨어진다. 곧바로 희망이 펼쳐질 리는 없으나 안간힘을 통해 그 경계의 지점에서 이리저리 더 움직여보려는 마음을 품지 않는다면 어떻게 세상이 바뀔 수가 있을까.

다리가 없어졌음에도 무릎이 있던 자리를 조금씩 구

부려보는 이미지는 쉽게 잊을 수 없는 그런 이미지이다. 이원의 꿈에 나를 포개어, 이 작고 낮은 테이블에서 우리가 허공의 입구까지 빈 접시를 들어올려 결국 깨뜨리는 일, 얼굴은 사라지고 다리도 없지만 무릎이 있던 자리를 구부려보는 일을 '사랑'이라고 말해보고 싶다. 회전하는 사과의 맛이 나는 그런 사랑. "흘러나오고 있었어 사랑이라는 말이 세상이 아직도 사랑을 기억이라도 하고 있는 듯이 자전거가 경적을 울리며 지나"(「방문객」)가는 길 위에서, 사랑이라는 저 오래되고도 포기할 수 없는 단어를 이렇게 쓰다듬어본다. 그리하여 이번 시집에서 가장 감동적인 시 한 편을 읽으며 글을 마무리하려고 한다.

사람은 절망하라

사람은 탄생하라
사랑은 탄생하라

우리의 심장을 풀어 다시
우리의 심장
모두 다른 박동이 모여
하나의 심장
모두의 숨으로 만드는
단 하나의 심장

우리의 심장을 풀면

심장뿐인 새

—「사람은 탄생하라」 부분

우리는 알고 있다. 각자의 심장을 풀어 모은다고 해서 따뜻한 스웨터를 짤 수 없음을. 하지만 마주 댄 심장들 사이 어느 한 구석에서 희망의 가능성이 피어나지 않으리라고, 누가 장담할 수 있을까. 우리들의 심장이 계속 뛰는 한, 피돌기는 계속될 것이고 그 작은 박동이 모일 수만 있다면 새가 되어 날아갈 수 있다는 것을 누가 부정할 수 있을까. 이원은 우리에게 이렇게 묻는다. 너의 심장을 우리의 기도에 보탤 수 있겠니. 나와 너의 심장을 함께 풀어 우리가 새를 만들 수 있겠니. 정적과 침묵. 침묵과 또 침묵. 나도 무엇이 나타날지는 알 수 없어. 하지만 만들 수 있다면, 그 새는 심장뿐인 새가 되어 사과를 계속 태어나게 할 텐데, 너도 이 사랑에 함께할 수 있겠니. 박동. 피돌기. 그리고 또 박동. 우리가 그렇게 하지 않는다면 어떻게 사랑이 탄생할 수 있겠니. 우리는 지금 행진한다. 아이들의 장단에 맞추어 "다시 일렁이기 시작"(「이것은 희망의 노래」)한다. 이 치열하고 천진한 행진을 사랑이라고 부르지 않는다면 무엇을 사랑이라 부를 수 있을까. ▨